L'HOMME,

ODE,

SUIVIE D'UNE ÉLÉGIE;

Par l'Auteur d'une *Lettre adressée au Roi et aux Souverains alliés; des grands événemens de la France; de la Petite Héloïse; d'un Traité (de l'Apologue) sur l'éducation*, etc.

(Tout le produit de cet opuscule sera distribué aux pauvres : l'Auteur en enverra une centaine d'exemplaires à différentes Maisons ; celles-ci pourront elles-mêmes s'acquitter. Voilà pourquoi le prix est fixé à 65 cent.).

·DE L'IMPRIMERIE DE LOUIS FAYE,
Rue du Cahernan, N.º 44.

L'HOMME,
ODE,

Suivie d'une Élégie sur la Mort de S. Alt. Royale la Princesse Louise-Isabelle d'Artois, Mademoiselle; d'autres Vers et de quelques Notes;

PAR

Jean-Justin ARISTIPPE (DE GALLIA),

Auteur du *Tableau des malheurs et de la mort des Illustres prisonniers du Temple; du Retour des Lis*, ou *Minerve, protectrice de la France*, &c., &c.

Quo tempore cognovit quidam quanta ad maximas res opportunitas animis inesset hominum, si quis eam posset elicere et præcipiendo meliorem reddere. *Cicer.*

Se trouve :

A PARIS, chez PILLET, Imprimeur-Libraire, rue Christine, N.º 5;

A BORDEAUX, chez la V.ᵉ BERGERET, cours de l'Intendance, N.º 59;

Et chez quelques Libraires de Province.

AVANT-PROPOS.

Bien des journaux ont parlé de l'ode intitulée *les Tombeaux de Saint-Denis*, ou *le Retour de l'Exilé*, lue à l'Institut royal par M. de Fontanes, Pair de France : quoiqu'étant beaucoup plus jeune, dois-je prétendre à cet honneur, souvent caprice de la renommée ? je puis l'ignorer ; mais je publie cette ode avec plaisir ; car il est des personnes qui ont une belle ame, et qui savent rendre justice aux nobles sentimens et aux efforts de la vertu.

On ne se plaint point, au reste, des journaux ; on n'a rien fait pour eux, et quelques-uns nous ont paru favorables. On a l'espoir de faire bientôt doublement sourire les personnes qui semblent estimer en nous quelque peu de génie, et peut-être un je ne sais quoi qu'on ne peut bien comprendre sans connaître tout-à-fait un auteur.

Je n'ai point à parler de cette ode; je prie seulement le public de se rappeler, dans le jugement qu'il en portera, combien ce genre de poësie est varié, et ces vers sans doute fort connus :

« Son style impétueux souvent marche au hasard ;
» Chez elle un beau désordre est un effet de l'art ».

L'HOMME,
ODE. *

To i, de David harpe sacrée,
Luth qui chantas le Roi des Rois!
Du beau séjour de l'empirée,
Préside aux accens de ma voix.
Quel astre lumineux m'enflamme
Et vient pour éclairer mon ame?
Il est sensible à mon souhait!
Esprits divins, honneur, sagesse,
Joignez-vous à notre alégresse;
Daignez sourire à mon sujet.

Je suis : La haute intelligence,
Le grand moteur de l'univers,
Éternelle et divine essence,
Conduit tous les mondes divers.
Auteur de l'homme que je chante,
Sa vertu sublime et touchante

(*) Après avoir lu l'éloge tant flatteur de la Marquise de
Lambert, sur *Houdard de Lamotte*, j'ai parcouru ses œuvres,
et j'ai vu qu'il avait fait une ode sur le même sujet. Je n'avais
nulle connaissance de cette pièce, lorsque je fis la mienne.

Sans doute a créé tout pour lui.
Muse, compagne de ma lyre,
Être adorable qui m'inspire !
Prends Dieu même pour ton appui.

Oui, Jéhovah, ta créature,
Le Roi, le Dieu des animaux,
Soumise au cours de la nature,
Est pour admirer tes travaux :
Grande même dans son enfance,
Elle y découvre ta puissance,
Elle en pénètre la splendeur.
Mais son ame, long-tems débile,
Cherche un soutien, cherche un asyle,
Heureux comble de ta faveur.

Bienheureux l'homme vraiment sage
Et digne fils du Tout-Puissant !
Toujours prêt à lui rendre hommage !
Orgueilleux de vivre innocent !
Bienheureux qui, dans les richesses,
Peut vivre à l'abri des faiblesses !
Dieu fit tous les hommes égaux (1) ;
Et si, des degrés de son trône,
Un feu subtil nous environne,
C'est pour enrichir nos travaux.

---

(1) Le Seigneur de Montaigne fait entrevoir que l'homme, en général, doit être vu dans la nature : en cela, les hommes seraient donc égaux ; il n'y aurait entr'eux de la différence que par les facultés de l'esprit, des sentimens plus nobles, une

Grand Dieu ! que je vois d'harmonie
Dans mon puissant et faible corps !
O que ta sagesse infinie
En multiplia les ressorts !
Un corps, des bras qui se roidissent ;
Les membres qui sous moi fléchissent,
En se mouvant à volonté ;
Ces intérieures parties

---

ame plus élevée. Il met le Sage, sur-tout, bien au-dessus de la terre. Horace, Platon, des Législateurs et des Rois philosophes ont dit cela bien avant nous. On sent ordinairement tout le prix d'une bonne éducation, et ceux du savoir et de la vertu ; mais il est peut-être bon de faire observer que Jésus, supposé même qu'il ne fût pas Dieu, quoique né de Joseph, était un homme fort supérieur aux hommes les plus puissans. Ce qu'il eut à souffrir ne pourrait être allégué ; un Monarque véritablement grand, dans un lieu dénué de tout secours, peut être en butte aux insultes des méchantes gens, sans jamais cesser d'être grand homme. Ainsi, quoique égaux, il y a de l'inégalité parmi les hommes ; et il est très-naturel qu'on leur doive plus ou moins d'égards, selon leur mérite ou la noblesse de leurs fonctions.

J'ai fait cette note, il y a trois jours : aujourd'hui, je trouve ces mots (sublimes dans la bouche d'un Roi) adressés aux Princes lors de leur baptême : « Voyez votre nom placé à la suite » de celui du pauvre et de l'indigent, dans le registre de la » Paroisse, où ils sont écrits sans distinction : la religion et la » nature mettent tous les hommes de niveau : la vertu seule met » entr'eux quelque différence, et peut-être, celui qui vous précède, » sera plus grand aux yeux de Dieu que vous ne le serez jamais » aux yeux des peuples ». Quel homme c'était que Louis XVI ! ... On l'a dit faible. Il était, peut-être, bien plus grand que tous les conquérans ensemble.

J'ai pourtant dit de lui :

« *Faible* dans son pouvoir, mais grand dans sa détresse ».

Entr'elles si bien assorties,
Et qu'on sent en activité ;

Le front, le port, cette noblesse
Éclatante dans nos regards ;
L'esprit de la délicatesse
Y brille là de toutes parts.
Respect à l'Être que je chante ;
Je vois son ame intelligente,
Son ame est l'ame du Seigneur !
Grand Dieu, veille à nos destinées ;
Suis de près nos jeunes années ;
Toi seul dispenses le bonheur.

Toujours l'homme en secret t'adore ;
Il a gémi sur ses forfaits ;
Il doit t'aimer bien plus encore,
En pénétrant dans tes bienfaits.
La vertu n'est point inutile ;
Homme, cherche le doux asyle
Où sait régner la pureté ;
Et ton ame, dans l'alégresse,
Verra qu'au sein de la sagesse
Se trouve la félicité.

Le Seigneur pour toi fit le monde,
Et tous ces objets ravissans
Dont sa divinité féconde
Fait jouir et frappe nos sens.
Il fit cet astre de lumière
Qui vient, en suivant sa carrière,

Pour vivifier notre cœur ;
Astre brillant, astre sublime,
Qu'il a sorti du sombre abyme,
Et la source du vrai bonheur !

Prés et coteaux, vous frais ombrages,
Terre, ciel, peuples d'animaux ;
Charmans, majestueux ouvrages,
Louez Dieu dans votre repos.
Soumis à cette loi divine,
Qui remonte à votre origine,
Pour l'homme seul vous êtes faits ;
Et lui, tous les jours admirable,
Par ses vertus plus estimable,
Serait-il sourd à ces bienfaits ?

Femme, toi sa noble compagne !
Être beaucoup plus enchanteur
Quand la sagesse t'accompagne,
Quand ton front brille de candeur ;
La beauté, les grâces touchantes,
Les vertus douces, attachantes,
Toujours assurent ton pouvoir.
Aimante, légère, badine,
Une pudeur toujours divine
Doit enrichir sur ton savoir.

Ah ! que ta fonction est belle
Aux jours de la maternité !
Des Héros exemple et modèle,
Tu l'es de toute éternité.

L'homme est à toi dans son enfance,
L'homme est à toi dans sa puissance,
Et tu vis cependant pour lui.
Bienfaits de la grandeur suprême,
N'êtes-vous pas la vertu même
Qui nous sert encore d'appui ?

Voyez l'homme dans sa jeunesse ;
Souvent pensif, souvent humain,
Sa raison aime la sagesse,
Son visage est toujours serein :
Son ame n'est point dépravée ;
Dans une conduite privée
Elle est pure comme un beau jour :
En s'abstenant on devient sage (1),
Et l'on brûle de rendre hommage
Au Dieu puissant du chaste amour.

» (1) *Utcunque defecere mores,*
» *Dedecorant benè nata culpæ* ». Hon. , l. 4 , od. 3.

» Quand l'art n'a point aidé à former les mœurs, souvent le vice déshonore les dons de la nature. Bat. ».

Étant né avec de grandes passions, mais des passions toutes nobles, un homme qui m'est bien connu, avait besoin d'une raison prématurée et d'un ame très-délicate. Il aima toujours quelque chose : enfant, il était fou de joujoux et de jeux ; adolescent, il aimait la danse, la musique, le dessin, l'équitation, l'art militaire ; à seize ans, il sentit le besoin des connaissances sublimes, et il oublia ses premiers goûts. Il fallut alors alimenter ses esprits par la lecture des ouvrages savans et profonds. A dix-sept ans, il promit de faire ce qu'il a exécuté depuis en partie.

Sans ces inclinations, toujours sensible et souvent recherché,

C'est l'homme dans son origine,
Sortant des mains du Créateur,
Rempli de sa vertu divine,
Aimant, adorant son auteur;
C'est l'homme aux jours de sa naissance,
Imbu des traits de l'innocence,
Que mon luth célèbre aujourd'hui.
Ames qu'on voit toujours débiles,
Pour la vertu toujours stériles,
Dites-moi, quel est votre appui?

L'âge viril et la vieillesse
Ont encore leur qualité;
Et quoique nés dans la faiblesse (1),
Respectons notre dignité.

---

il aurait eu beaucoup de faiblesse. Il doit, sans doute, à l'étude et à la force de ses principes, une existence pleine de force. Jeunes gens, voici l'abstinence qu'il vous faut : (toujours de l'activité) ! A l'exemple de Montaigne, je juge un homme pour juger de *l'homme.*

(1) Il est malheureusement des faiblesses bien différentes de celle entendue ici ; elles étonnent d'autant plus que leurs auteurs ont quelquefois de la fortune et de l'éducation. D'où viennent tous ces vols et ces assassinats dont on parle tant de nos jours ? De l'oubli des bonnes mœurs et des bons principes ; et parce qu'on ne croit *vivre que pour mourir,* on méconnaît une ame, et on ne croit pas en Dieu.

Il était sans doute sage, le bon Horace, puisqu'il savait rejeter le surplus, se contenter de ses esclaves et de sa terre, en mesurant ses dépenses au revenu de sa maison.

Il est bien étonnant que la sagesse ne puisse pas gagner sur la raison, et triompher des mauvais principes ! Le *grand Corneille,* vivant honnêtement d'une médiocre pension ; *Turenne,* toujours

Loin de moi celui dont les vices
Favorisent les artifices ,
Ne s'étant jamais combattu ;
Il est des ames insensées ,
Nourrissant les viles pensées
Sans jamais chercher la vertu.

Douce gloire et belle sagesse !
Compagnes de mon tendre cœur ;
Sources d'une pure alégresse ,
Faites à jamais mon bonheur !
Répandez sur le vrai poëte
L'attrait de la vertu parfaite ,
Cette image du Roi des Rois ;
Versez goutte à goutte , en mon ame ,
Les attraits de la chaste flamme
Qui toujours animent ma voix.

Père éternel , sublime essence !
Toi qui régnas dans tous les tems ;

---

pauvre au sein de l'abondance* (parce qu'il donnait beaucoup et vivait fort désintéressé) sont des personnages bien autrement faits que ces ames abjectes, nourrissant une coupable ignorance et leurs désirs insatiables. Du reste, la pauvreté m'afflige ; c'est pourquoi, sans doute, dans un Sonnet sur *Parmentier*, j'ai dû le considérer comme protecteur bienfaisant et généreux de l'indigence. (*Voyez page* 18.)

* J'ai ouï dire, fort jeune, qu'il était mort ne laissant que cent écus, des livres et quelques bijoux. Cela doit étonner dans un Général qui pouvait amasser d . millions. S'il ne parlait et n'écrivait pas comme Jules César, il était un grand et vertueux Capitaine.

Toi dont la céleste puissance
A pénétré tous les instans ;
Moteur des cieux et de la terre,
Qui grossis, lances le tonnerre,
Dévoile-moi l'éternité :
Conduis-moi dans le saint asyle ,
Et fais que, devenant utile,
Je serve un jour la vérité. *

** (Ouvrages manuscrits du même Auteur.)*

Le Christianisme prouvé par l'existence de Dieu, et la nécessité d'une révélation ; avec un *Essai,* en douze chapitres, *sur ce qui serait le plus propre, dans un bon Prince, à faire le bonheur des Peuples, en suivant les principes de l'Évangile.*

Louis XVI, poëme héroïque, en six chants, avec des notes et un éloge.

Poëmes et autres Poësies, recueil formant 1 vol.

Hermione et Cadmus, en quatre livres. (C'est un grand épisode extrait d'un ouvrage, dans le goût du *Télémaque,* dont j'ai écrit quinze livres, et que j'ai commencé, il y a cinq ans, immédiatement après *la Petite Héloïse,* alors que j'avais vingt ans ; il porte ce titre : *Minos, le sage Roi de Crète).*

*Les Mémoires d'*ARISTIPPE DEGALLIA, ou *l'effet des passions sur le cœur humain.*

ÉLÉGIE,

DANS LE GOUT ANCIEN,

Sur la mort de S. A. R. la Princ. LOUISE-ISABELLE D'ARTOIS, Mademoiselle.

PLEUREZ, hymen ! pleurez, amours !
Elle a gagné la céleste demeure ;
Pleurez, Français, la vierge que je pleure !
Elle n'est plus : pleurez toujours !

Mon luth, naguère, a prévu sa naissance ;
De ses nobles parens, il chanta l'alliance : *
Alors, mon tendre cœur exprimait la gaîté.
Aujourd'hui tremblant, agité,
Il aime et plaint ton sort, ô divine Isabelle !
Aux grâces, aux talens fidèle,
Ainsi que tous les tiens, simple dans ta grandeur,
On aurait admiré les vertus de ton cœur ;
Mais tu ne devais pas, dans ce monde volage,
Prolonger ton voyage.

Pleurez, hymen ! pleurez, amours !
Elle a gagné, etc.

Que font, pour un cœur pur, les trésors, les pouvoirs ?
Souvent ils font manquer à nos premiers devoirs.

---

* Dans l'Ode à S. A. R. la princesse Caroline, Duchesse de Berry.

En mourant, le tien perd, sans doute, une couronne....
Qu'elle a bien plus de prix celle que l'on te donne !
    Là-haut, dans le séjour du ciel,
Où sont les bienheureux, les anges, l'éternel;
Loin des vices impurs et des traits de l'envie,
Des séraphins en chœur ont demandé ta vie.
    Ainsi que la beauté, semblable à bien des fleurs,
Tu vins, fleuris, passas, en laissant les douleurs.

    Pleurez, hymen! pleurez, amours!
Elle a gagné, etc.

IMPROMPTU
SUR L'HYMEN.

L'Hymen est un plaisir charmant,
L'amour et l'amitié composent son essence;
Il procure à nos cœurs une douce espérance :
Alors, qu'il est heureux, s'ils s'aiment constamment (1)!

---

(1) On a fait entendre que, pour l'homme moral, la femme
honnête était, en quelque sorte, une divinité : cela surprendra
beaucoup un libertin ; mais non pas l'homme qui porte en lui
le germe des véritables et grandes vertus, et qui n'a jamais
connu d'autre femme.

Autre IMPROMPTU,

En abordant trois dames qui m'attendaient souvent dans un parterre.

Ce parterre est charmant, embelli par ses fleurs ;
Mais encor plus charmant, habité par les Grâces :
Vous êtes pour lui les trois sœurs,
L'ornant de vos attraits, de vos dons, de vos grâces.

VERS A MA MUSE,

Sur mon nom DEMONVEL que je quitte pour DEGALLIA.

Tu quittes *Demonvel* : eh ! pourquoi cette envie ?
— Je chéris la Patrie,
Et je veux dès l'instant prendre *Degallia*.
— C'est bien, si le Roi l'autorise.
— Peut-être, un jour, touché de ma franchise,
Sa bonté le consacrera.

AUTRES VERS A MA MUSE,
Sur le même Sujet.

FACULTÉS du savoir, dons heureux du génie!
Livres que je chéris, vous tous mes compagnons,
Aimables et constans dans toutes les saisons!
Vous qui semez de fleurs les beaux ans de ma vie,
Écrits, le tems arrive où, plein de ma Patrie,
Je prends *Degallia* pour quitter *Demonvel*.
Je suis toujours *Jean-Justin Aristippes*,
Ami du beau, du vrai, fidèle à mes principes,
Aimant toujours les hommes et le ciel.

On remarque souvent des personnes assez généreuses pour sentir le prix des ames sages et privilégiées, qui tiennent autant à l'honneur et au bien de leur Patrie qu'à leur propre félicité. Pendant mon séjour à Toulouse, en 1816, un ami intime de feu Monsieur PARMENTIER vint nous trouver; il nous portait une lettre d'invitation pour le troisième anniversaire de sa mort : je m'y rendis, après avoir fait un Sonnet, quoique le sujet fût ingrat ;

Le voici, tel qu'il a été inséré dans le *journal politique et littéraire de Toulouse*, et dans une notice du

Chevalier Ast***, membre de la Légion-d'honneur et de l'Académie :

SONNET

*En Mémoire d'*Augustin Parmentier.

Illustre Parmentier, que tes mânes chéris
Sourient aux accens de la reconnaissance :
On célèbre ton nom, et de sages amis
Reconnaissent en toi l'appui de l'indigence.

Je vénère le tems où le bon Roi Louis
Honora tes travaux d'un œil de bienveillance;
Il reçut ton bouquet (1), il le joignit aux Lis !...,
Cette protection combla ton espérance.

La science, l'amour et la douce amitié
S'unirent aux plaisirs de l'auguste pitié :
On a connu le prix de tes œuvres chimiques.

Ombre chère, reçois mes transports, mes regrets!
Les cœurs t'ont décerné des couronnes civiques :
Recueille cette fleur; j'aime aussi tes bienfaits.

L'homme condamné, dès son enfance, par son ex‑
trême sensibilité, par sa vive imagination, par un je

---

(1) Il paraît que *Parmentier* fut le premier qui introduisit en France la Solanée-nourricière ; les grands de la Cour se moquaient de ce zèle : cependant Louis XVI sut en apprécier les avantages, puisqu'il en mit une fleur aux boutonnières d'un de ses habits.

ne sais quoi qui nous entraîne et nous enhardit à travailler aux productions sublimes ; cet homme, sans doute, ne peut guère trouver de comparaison qu'entre quelques sages Magistrats ou quelques bons Rois.

Illustre MONTESQUIEU ! quelle inspiration céleste vous a fait quitter tout-à-coup une charge honorable, pour vous livrer davantage à la culture des lettres ? C'est le génie de la gloire, sans doute ; c'est l'immortalité qui parlait à votre cœur (1). Vous étiez semblable à l'ame aimante et sage : sensible avant l'époque où elle voudrait l'être, elle laisse triompher une partie de ses désirs. Vous sentiez cette force vivifiante que donne le sentiment de nos facultés ; vous prévîtes la puissance du tems sur la brièveté de la vie : dès-lors, cherchant une place parmi les immortels, vous enviâtes le bonheur d'être utile à la Patrie et de servir noblement les hommes : ainsi que les ames des Homère et des Euripide, des Plutarque et des Tacite, des Pline et des Licurgue, des Fénélon, des Bossuet et des Rousseaux, la vôtre assure un nom à l'auteur de vos ouvrages, parce que, avant de quitter ce globe d'exil, son intelligence est passée en eux.

L'existence est un bienfait du Créateur ; mais elle est plus douce par la culture des Lettres. J'ai passé des jours heureux ; j'en aurais passé davantage si, moins sensible à de trop grandes affections, j'avais pu et je

---

(1) Voyez ce que dit *Marmontel* sur la gloire, *phil. mor.*

On se rappèle ces vers de *Boileau :*

  « Travaillez pour la gloire, et qu'un sordide gain
  Ne soit jamais l'objet d'un illustre écrivain ».

pouvais renoncer à la force des tendres sentimens. On est difficile malgré soi ; on a donc lieu de penser que certains êtres ont une destinée particulière. Pour être véritablement heureux, il faut se plaire et se convenir.

J'écrivis, en 1816, au Vicomte de CHATEAUBRIAND, alors Ministre : « Le ciel paraît avare des beaux dons, » c'est-à-dire des hommes de génie, des ames fortes et » grandes par elles-mêmes ; il ne transmet une partie » de ses facultés qu'à un petit nombre d'individus ; » encore ne le fait-il que de tems en tems, et lorsque » les hommes ont besoin d'être éclairés ou sur le déve- » loppement de l'esprit, ou dans la perfection des scien- » ces et des arts. »

Sans doute on voit dans le monde des personnes qui parlent bien, et dont le style est fort agréable ; mais ce sont aussi ces ames bien nées qui ont le sentiment de ce qui est véritablement beau et profondément pensé.

Ouvrages imprimés du même Auteur,

pouvant former, réunis à celui-ci, un volume in-8.°

	F.	C.
Nouvelle Politique : *les grands événemens de la France ;* 3.ᵉ édition, brochure de 90 pages : prix.....................	1	80
Lettre, adressée au Roi et aux Souverains Alliés, sur l'intérêt des Français ; suivie d'une Ode : 76 pages...........	1	25
Tableau des malheurs, etc. , Poëme élégiaque : 40 pag..	"	75
Le Retour des Lis, Pièce lyrique, en 3 actes : 32 pages.	"	75
Polymnie et Calliope reconnaissantes, deux Odes : 16 pag.	"	50